5985-08. — CORBEIL. Imprimerie ÉD. CRÉTÉ

L'HEURE BLEUE

DU MÊME AUTEUR

Ouvrage paru dans la Collection "EXCELSIOR".
Illustré par la photographie d'après nature.

ollection
“ La Voie Merveilleuse ”

Pierre GUÉDY

L'HEURE BLEUE

ILLUSTRÉ PAR LA PHOTOGRAPHIE
D'APRÈS NATURE

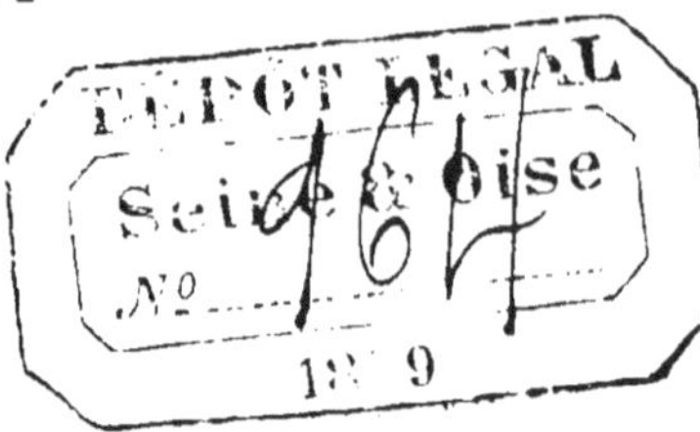

Paris
Librairie NILSSON. — PER LAMM, Succr
338, rue St-Honoré

Un soir lourd de printemps à Tantah.

Les grands oiseaux venus de la Haute-Égypte piquent leur vol droit vers la terre, avec lenteur, comme s'ils éployaient les voiles de la nuit sur le paysage déjà silencieux. Près du canal, à l'endroit où il sort du quartier arabe pour rejoindre, plus bas, un des bras du Nil de Rosette, aux portes mêmes de la ville du Grand Ahmed, plusieurs pèlerins rassemblés, assis avec majesté, regardent décroître, vers l'est, le vieux soleil d'Afrique au-dessus de Damiette.

En dehors de l'enceinte, près de ce groupe contemplatif ressuscitant pour le voyageur quelqu'une des plus belles figures de la Bible, une maison arabe avance sa moucharabié sur la paroi grisâtre et lisse de sa façade. Elle semble un peu étrangère au milieu des murs modernes récemment élevés, parmi les ruines d'une ancienne porte et d'une mosquée gisant près de là, avec, derrière elle, l'amoncellement des constructions européennes.

Devant elle, s'étendent de vagues pâturages déjà brûlés par les midis implacables. Ils longent le cours d'eau, n'acquérant une verdeur reposante que sur les rives du canal où d'immenses plantes aquatiques et de larges feuilles de lotus s'ouvrent ainsi que des parasols contre la secheresse qui commence.

Un peu plus bas, la route qui mène à l'ancienne Saïs déroule sa bande métallique où, parfois, sous quelque palmier isolé, se dresse encore la silhouette d'un chameau au repos, à l'ombre duquel dort, caché dans son manteau de couleur, quelque marchand arménien.

A droite, du côté du Grand-Marché, s'élèvent les restes d'un ancien fort qui fut pendant quelque temps occupé par des troupes françaises.

C'est l'heure calme et pesante, où plus qu'à tout autre heure du jour passe le grand souffle chaud du désert, roulant depuis la partie Libyenne jusqu'à la mer.

Tout semble s'arrêter pour respirer cette haleine qui, quoique sèche à la gorge, caresse encore les êtres et les choses avec le doux frôlement d'un éventail de plumes.

Dans la moucharabié finement ouvragée s'ouvre bientôt avec lenteur le panneau d'une des petites fenêtres carrées qui la découpent.

La main qui le pousse semble craintive ; dans son ouverture paraît bientôt une tête de femme couverte du feredjé. Elle aperçoit les bibliques contemplateurs du canal et se recule, effrayée. Mais curieuse, elle entr'ouvre un peu la fenêtre, et par l'interstice qu'elle laisse subsister plonge de timides regards.

Au bruit du volet poussé, les voyageurs, venus sans doute en pèlerinage au tombeau de Séyid el Bédaoui, ont détourné la tête, inquiets. Ils aperçoivent le bout du voile de soie qui flotte comme une incrustation de nacre mobile sur le cadre cloisonné de la fenêtre; et, peureux des représailles du chef qui demeure là, vaguement conscients qu'il ne faut pas, à l'heure douce du crépuscule, troubler la rêverie du harem venant respirer un air plus frais par les fenêtres donnant sur la campagne, ils se lèvent et avec respect s'éloignent de la mystérieuse maison d'où sont sorties déjà bien des légendes.

Un seul des grands voyageurs turcs, après un salut d'adieu à ses compagnons, après un regard d'indifférence vers la demeure redoutable, reste nonchalamment étendu sur son siège de pierre et reprend sa rêverie. Cette audace intrigue la curieuse. Le volet est poussé entièrement; dans son ouverture sombre apparait la silhouette blanche de la tête voilée.

El-Sénab, la favorite de Kan-Adzéma-Deün, appesantit son regard noir, lourd comme un plomb, dans le bleu rayonnant, où se fond, au milieu de la vapeur humide montant du canal de Tantah, la silhouette lasse de l'audacieux pélerin.

El-Sénab, ce matin, en s'éveillant, sent avec plus d'acuité que d'habitude la monotonie des heures tristes qu'elle passe en l'oisiveté de la maison de Kan-Adzéma-Deün.

La brûlure impitoyable du soleil lui est plus douloureuse encore, et ses rayons qui jouent sur la nacre des meubles et des coffrets, sur l'or et l'argent des objets de sa toilette, sur la soie des étoffes, l'enveloppent d'une mélancolie lumineuse dont plus que jamais elle a l'ennui pour la trop connaître.

C'est elle la fathma du harem, la préférée.

Pas plus que les autres nuits, elle n'a échappé cette nuit aux caresses de son maître. L'amertume qu'elle en garde se dissipe ordinairement très vite. Aujourd'hui, elle la sent persister dans la pleine conscience du réveil, et il lui semble que toute la journée va en être attristée, grise, assombrie.

Pourquoi? Elle ne le sait.

Rien n'a changé dans sa vie, pourtant. Elle connaît d'avance la longue suite des heures qui vont s'écouler, oisives, molles et souvent vicieuses avec ses compagnes.

Kan-Adzéma-Deun, qui tient dans la ville un des plus grands bazars où les marchandises européennes s'étalent aux côtés des produits turcs et des récoltes arméniennes, ne rentre que le soir dans la petite maison solitaire presque hors la ville.

Ses trois femmes restent là, continuellement enfermées, Aïdjé, Mouradieh et El-Sénab, sous la surveillance d'une esclave noire merveilleuse-

ment belle, Rabyn-Gaill, et de deux eunuques farouches et redoutés, Go-Admeh et Jupiter-Ben.

Souvent Rabyn-Gaill est comblée des faveurs du maître, et El-Sénab, la fathma, lui en est reconnaissante pour le repos que cela lui assure certaines nuits où il lui semble délicieux de rêver, seule et triste, sur l'or et le duvet de sa couche.

Vers le milieu de la journée elle se rend enfin dans la chambre des femmes.

Elle ne se sent attirée là, leur compagnie lui étant subitement devenue odieuse, que parce que cette pièce ouvre sur la campagne, qu'il lui est permis à l'heure bleue du crépuscule de regarder le ciel et le soleil couchant, et que quelque chose lui parle d'inconnu et d'espace près de cette eau du Nil qui fuit vers une mer qu'elle ignore, vers des pays qu'elle pressent.

Avec nonchalance, elle s'étend sur l'amas de coussins du Caire dont elle a fait son lit du jour. Sur leur perchoir, ses perruches au plumage éclatant, poussent des cris rauques, lui souhaitent la bienvenue avec une espèce de colère, étonnées qu'elle vienne si tard auprès d'elles et qu'elle ne leur donne pas son bonjour familier.

Une marchande est venue le matin, apportant quelques étoffes, des pastilles, des parfums et des jouets. Les autres femmes ont acheté des pantins, des guignols, des poupées dont raffolent nos enfants de France, des caricatures de Kara-gheuz

LONGUEMENT, ELLE OFFRE A SA MAITRESSE LE VASE OU BRULENT LES PARFUMS (P. 25).

et d'Ali-Baba répétant, sous la ficelle qui les meut, leurs gestes obscènes traditionnels dont s'émerveillent en riant les brunes descendantes des Pharaons.

El-Sénab suit leurs jeux, puis bientôt elle prend son narghilé et tette à petits coups le tuyau au bout d'ambre que lui tend Rabyn-Gaill. La servante abyssine aime sa maitresse, malgré le désir du maître qui la fait sa rivale préférée. Elle reste humiliée devant elle, affectueuse parce qu'elle la devine triste et qu'en son âme résident aussi des tristesses, que les autres, Aïdjé et Mouradieh, ne comprennent pas.

Longuement, en une pose de statue, elle offre à sa maitresse le vase où brûlent les parfums. Tour à tour, elle agite sur sa tête le grand éventail en plumes de paon, lui passe la coupe étrusque chargée de fruits, puis bientôt s'immobilise en une pose de sphinx, couchée sur une peau de tigre, avec, au bout de ses doigts, une tasse en or pleine de café ou un vase plein de précieuse essence.

Une grue apprivoisée, immobile sur une patte,

cligne de l'œil en regardant El-Sénab. On lui a appris des gestes licencieux et elle s'inquiète qu'on ne fasse pas appel à ses talents. Les autres femmes, impressionnées par le silence de la favorite, se retirent dans la niche aux prières, pleine d'étoffes et de coussins.

Dorko, le singe, les regarde, perché sur l'angle d'un coffret plaqué d'ivoire fiché au mur, et rêve devant l'étrange cantique que loin du regard des eunuques font monter vers le ciel brûlé des anciennes Gomorrhe, Midjé et Mouradieh.

Mais le soleil baisse, là-bas, au-dessus du bras de Damiette, vers les eaux qui baignent tant d'autres villes mystérieuses et féeriques.

Un rayon luit, coupe comme un couteau d'or la flèche du minaret de Soueld-Béni.

Le cri du Muezzin s'élève, grinçant, perçant, inouï. Les bêtes et les choses ont un dernier frisson avant la somnolence définitive du soir.

L'heure libre a sonné.

Sur un geste d'El-Sénab, Rabyn-Gaill ouvre une des ouvertures de la moucharabié. Avec une crainte qu'elle ne s'explique pas, elle plonge ses regards vers le cours d'eau.

Au milieu de la vapeur mystérieuse exhalée du canal de Tantah, ouatant d'azur les feuilles des figuiers de Barbarie et des lotus calmes, la silhouette du pèlerin de la veille se dégage, nette et grave, sur le fond du paysage.

El-Sénab, craintive, baisse son voile.

II

Longtemps, sous le flottant anonymat de l'étoffe, elle regarde l'impassible rêveur.

Ses camarades de la veille ont dû lui dire que, quoique cela ne fût pas légal sous le protectorat de l'Angleterre, la coutume laissait à Kan-Adzéma-Deun, droit de vie et de mort sur le curieux qui se hasarde près du harem, le soir, à l'heure du repos en plein air des femmes.

Il sait que l'exécution se fait sournoisement, traitreusement, sans invoquer les lois, bien entendu. L'assassinat dans l'ombre se commet, et les vagues recéleuses du Nil portent encore, comme sous les Cléopâtre magnifiées et les divins Pharaons, nombre de victimes à la mer.

Il sait cela, l'étranger, et, tranquille, sans émoi, il regarde au ciel décroître l'astre-roi dont les derniers rayons patinent de rose les eaux bleues de la rivière.

El-Sénab sent une crainte étrange l'envahir, une crainte délicieuse. Pour la première fois quelque chose d'inaccoutumé fait battre son cœur. Elle a peur, peur pour cet inconnu qu'elle distingue à peine et qui reste là, si dangereusement contemplatif.

S'il se retournait au moins, s'il la regardait,

s'il fixait de ses yeux mélancoliques d'asiatique la compatissante fathma ! Par les trous de son voile, par la seule expression épouvantée de ses regards attendris, elle lui ferait voir le danger.

Et puis, s'il la voyait, elle comprendrait au moins qu'il brave la mort ; mais pour ces lotus, là-bas, ces dattiers, ces caroubiers, ces tamarisques au vert insupportable, quelle folie !

Et El-Sénab s'indigne, après avoir eu peur.

Derrière elle, un bruit sourd de darabouka s'élève.

Elle se retourne, surprise.

Rabyn-Gaill, accroupie sur une fourrure, frappe rythmiquement la peau de l'instrument préféré du harem.

Ses grands yeux de velours noir fixent l'ouverture de la fenêtre. On dirait qu'elle joue pour quelque passant, au dehors, qu'elle adresse un signal vers quelque promeneur attardé, au bas de la moucharabié.

Ses yeux de bête intelligente se portent ensuite sur El-Sénab.

Celle-ci, sous son voile, se trouble, mais Rabyn-Gaill, passivement, baisse ses paupières teintées, et sans plus relever la tête, elle heurte en cadence la gourde en bois ornée de nacre et d'écaille.

El-Sénab, rassurée, regarde vers la campagne.

Debout, près du bloc de pierre sur lequel il était assis, l'étranger déploie sa mine altière, sa mâle prestance. Il fixe curieusement la fenêtre de la maison solitaire.

El-Sénab l'aperçoit.

Leurs regards se croisent. Le jeune homme s'incline, respectueux.

El-Sénab tremblante, suffoquée, tire la cloison sur elle. Elle revient à son lit de repos, pâle, agitée.

Rabyn-Gaill a cessé sa musique, comme après une tâche faite qu'elle comprendrait inutile, mais pour laquelle elle se sourit, satisfaite.

El-Sénab se dit qu'enfin l'étranger, prévenu, ne reviendra plus maintenant dans la zone périlleuse.

Elle se dit cela... et des larmes coulent sous son férédjé à se le dire.

Au bord du petit bras de la rivière de Tantah qui coule près de la maison d'El-Sénab, Kan-Adzéma-Deûn a fait aménager une espèce de petite crique, au fond sablé, ombragée de dattiers, de sycomores, d'acacias, où une fois par semaine, au temps des grandes chaleurs, il mène baigner ses femmes. Autour de la petite plage que bordent des haies et des arbustes les deux eunuques montent une garde active.

Des marches de pierres branlantes, restes d'un escalier faisant partie de quelque maison du temps des califes et dont les ruines se voyaient encore dispersées au loin dans l'herbe brûlée, conduisaient doucement jusqu'au fond de la rivière.

A gauche, du côté d'Alexandrie, un sphinx étalait son symbole écrasant sur un mur épais de granit latéral à l'escalier. A droite, un morceau de colonne de style égypto-assyrien émergeait de l'eau et portait vers le ciel, comme un plateau d'offrande, la masse carrée de son chapiteau aux lourdes chimères ailées respectées du temps et des hommes.

Or, ce jour-là, Kan-Adzéma-Deûn, quelque temps avant le grand Molid ou fête de Tantah, donna l'ordre du bain dans la rivière.

Aïdjé et Mouradieh eurent, à cette nouvelle, leurs manifestations de joie habituelles.

Par des gestes, par des cris, par des caresses chatouilleuses à Dorko, des taquineries à la grue et aux perruches, elles célébrèrent cette sortie de quelques instants hors la maison toujours fermée, toujours close.

El-Sénab, plus que les autres, ordinairement, se livrait ce jour-là à d'innombrables folies. Aujourd'hui, elle est silencieuse, rêveuse, sans mouvement.

Elle ne court pas comme autrefois jusqu'au dallage des thermes d'Adzéna; elle marche lentement sur le sable de feu, appuyée au bras de Rabyn-Gaill qui porte les manteaux de laine blanche sur son bras, et, dans un grand couffin, des fruits, une pastèque, des shekerlii de toutes sortes.

Aïdjé et Mouradich sont bientôt à l'eau, nues et belles sous les caresses inclinées du soleil.

Sur la dernière marche de l'escalier, enveloppée dans une grande étoffe blanche, El-Sénab, les pieds nus cachés dans l'eau sous les feuilles de lotus, la tête appuyée dans ses mains auréolées de bagues, rêve, les yeux fixés vers la porte de Tantah où, la veille encore, se tenait, contemplateur, mystérieux, l'inconnu qui avait fait couler ses premières larmes.

Rabyn-Gaill, dont les exploits en natation faisaient pâmer les autres femmes, se tient près de la fathma, le buste émergeant presque entier de l'eau et remuant à peine de temps en temps d'un geste de mains vague la face bleuie de la rivière.

Kan-Adzéma-Deün, assis aux pieds du sphinx, fumait une pipe chargée de tabac blond et promenait ses regards tantôt vers les baigneuses, tantôt vers le lointain paysage sur lequel le soleil semblait avoir saigné, tantôt vers les haies entourant le bain secret, épiant de son regard les eunuques chargés d'éloigner tout indiscret et de le mettre à mort si la solitude du lieu le permettait.

Doucement entraînée par Rabyn-Gaill, El-Sénab descendit de quelques marches dans l'eau.

Ses pieds fixes et longs ont l'air de marbre dans le bleu mobile de l'onde. Elle a encore sur elle sa lourde pelisse blanche. Ses formes majestueuses et pleines s'accusent nettement sous l'étoffe serrée.

Debout sous l'ombre des hauts arbres, elle semble une naïade de pierre que rosit la lumière déclinante.

Une fois encore, l'image du mystérieux voyageur flotte devant ses yeux attristés...

Il n'est pas revenu... Il a eu peur... Il a compris l'avertissement... Et elle lui en garde une rancune inexplicable. N'aurait-il pu risquer sa vie... son âme... tout... tout!... pour elle... pour elle, si belle!

Et de son bras arrondi elle allait faire crouler de ses épaules le lourd vêtement, quand soudain, en face, sur l'autre rive, elle aperçoit entre les feuilles d'un massif de figuiers de Barbarie et de grenadiers, l'inconnu de la veille, qui, presque à découvert, la regarde, la contemple, l'air extatique, fou, amoureux.

Elle retient un cri... ; effrayée, elle ramène sur elle le voile qui l'enveloppe. Une joie d'abord l'envahit, immense, inconsidérée. Puis un tremblement l'agite. Elle a peur, elle a horriblement peur. Kan-Adzema, les eunuques, Rabyn-Gaill, les femmes vont voir l'adorable imprudent. Que faire ?...

Ah ! elle ne veut pas... elle ne veut pas qu'il meure... tué en silence, par derrière, comme tant d'autres...

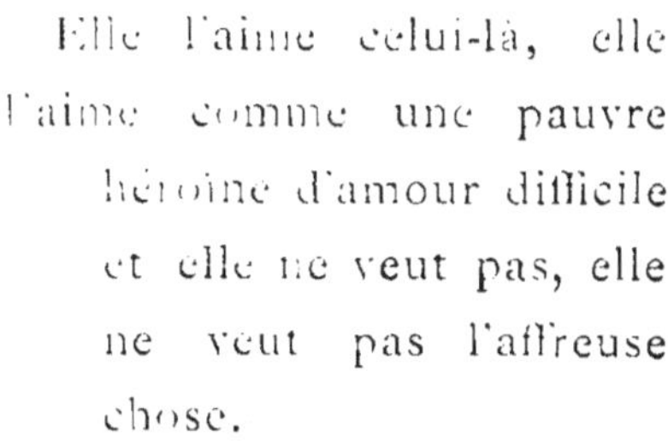

Elle l'aime celui-là, elle l'aime comme une pauvre héroïne d'amour difficile et elle ne veut pas, elle ne veut pas l'affreuse chose.

Rabyn-Gaill a déjà vu son trouble, en a déjà vu la cause. Tout est perdu, et avec lui elle sent qu'elle va mourir. L'esclave s'est éloigné, elle parle à Kan-Adzéma. La seconde terrible va sonner.

Mais le musulman paisible rit à mille gestes fous de la femme abyssine. Il n'a d'yeux que pour elle, pour ses poses divines dans le soir extasié. Les autres femmes, charmées, suivent ses jeux avec attention. Autour d'elles immobiles, l'eau fuit sous les plantes aquatiques avec un doux murmure tranquille, innocent, passe comme un rire de caresse entre leurs jambes brunes écartées sur lesquelles les globules d'air montants font courir des perles vives aux reflets laiteux. Le sphinx disproportionné écrase, de son idée têtue, le site doucement peint comme un lavis.

El-Sénab risque un geste vers l'autre rive. L'ami disparaît. Toujours chastement enveloppée, elle revient vers le groupe joyeux. Elle s'assied, pensive, énamourée. Pour la première fois elle trouve au ciel, aux choses, une grandeur qu'elle ne comprend pas.

La lune, qui brille déjà au ciel, à l'orient, alors

qu'Horus montre encore son grand disque enflammé vers l'ouest, l'étonne, la ravit. Elle songe qu'un autre que cet étranger eût déjà payé son audace de sa vie. Devant tout autre d'ailleurs, elle se serait montrée nue, indifférente, certaine de sa mort, et devant lui... devant lui !...

La chasteté n'est que de l'amour qui attend, et dans cette fin de jour, El-Senab, sous l'astre de platine, sous le soleil orangé, était chaste éperdument, chaste comme Isis, la vierge égyptienne dont « nul n'a jamais soulevé le voile ».

III

Puisque le bien-aimé était venu la veille, au péril de son repos éternel même, contempler aux Thermes d'Adzéma la douloureuse Fathma, nul doute qu'il ne fût le soir à l'endroit où, pour la première fois, elle l'avait vu, devant la moucharabié.

Les heures du jour sont longues, désespérément longues.

Vers midi les femmes dorment : El-Sénab rêve

Mais l'eau fraîche coule dans les alcarazas, les grands éventails suspendus sont agités, les pastèques fendues exhalent dans l'air leur fraîcheur. Bientôt Aïfé et Mouradieh jouent et mangent.

El-Sénab rêve.

Près d'elle, Rabyn-Gaill reste, affligée, complice. La fathma pressent son dévouement, et, de temps en temps, elle a de bons et longs regards pour elle. L'humble fille alors adoucit la moire de ses grands yeux, et elles ont une douceur de bêtes amoureuses et tristes à se contempler ainsi.

Les daraboukas, les mandolines, les tambourins, le petit violon traînent par terre, muets.

La favorite rêve...

Les perruches émiettent avec fureur de leur bec crochu le bois de leurs perchoirs. La grue pensive s'arrondit plus que jamais en houppe à poudre de riz, sur le trait rose de sa longue patte tendue. Le paon, dans un coin, atténue son orgueil.

Dans la vasque, devant elle, les petits poissons rouges nagent avec paresse. Le filet d'eau pleure à regret, désabusé. Dorko prend des mœurs d'anachorète.

La favorite rêve....

Mais de plus en plus les rais de soleil obliquent dans la pièce silencieuse. L'ombre s'étend d'un autre côté, rafraîchissante.

El-Sénab s'installe commodément devant la fenêtre. Juchée sur de hauts coussins, elle voit, étendue, reposée, toute la campagne. L'heure passe, le moment est venu.

El-Sénab n'ose pas. Une frayeur l'étreint. Si l'eunuque-chef, invisible, traître, était là, derrière elle. Mais le volet s'ouvre lentement, en silence. Rabyn-Gaill l'a poussé, complaisante.

Pour détourner l'attention, elle va entamer avec les autres femmes une interminable partie d'osselets.

Devant elle, biblique dans son long manteau bleu, El-Sénab aperçoit le cher inconnu. Sous son burnous sa mâle beauté d'Arabe aristocrate s'indique, vigoureuse et pâle.

Un flot de sang empourpre le visage voilé d'El-Sénab.

Elle se penche un peu, comme pour être plus près de lui. Il tombe à genoux sur le sable et la contemple.

Enfants de cette terre d'Afrique immobile et grave, ils restent, pendant des instants longs comme des siècles, courts comme un battement d'ailes de papillon, à se regarder presque face à face. Elle l'admire, si noble dans la grandeur du décor exotique. Il semble un roi mage avec sa belle barbe noire, sur le fond d'azur du paysage que heurte le blanc cru des bâtisses en torchis, que drape, comme une soie bleu de roi, le ciel si doux, si loin de nous.

Il la regarde comme une apparition

dont le mystère le trouble, avec son grand flamboiement de brasier dans les ouvertures de son voile.

La veille, elle lui est apparue divine, majestueuse sous l'étoffe de laine collante, et il l'aime, il l'adore comme l'incarnation même de toute la beauté qui se cache, de toute la grâce qui s'ignore.

Il la voit maintenant comme une enfant bienfaisante, sous l'abri puéril du léger tissu.

Il comprend toute sa tristesse, toute sa mélancolie accoudée par tant de soirs de spleen sur la campagne par où il était venu comme une annonciation. Un grand culte l'envahit pour cette pleureuse fraternelle, et son cœur monte éperdument vers elle, vers sa beauté.

— Ah! bien-aimée, bien-aimée!

De loin, il tend ses mains vers elle, suppliant. Il brûle de la connaître, de la voir.

Il lui exprime avec passion son amour, et cela presque sans un geste. Son corps grandit, grandit avec sa flamme. Ses yeux parlent comme ses lèvres, et son front haut, pâle et droit, semble commander, semble implorer. Parfois, sous son manteau, amplement sa main s'élève et jette un signe grave, vers elle, comme un baiser.

Elle comprend ce langage, la brune fille des

mystérieuses légendes d'amour aux hérédités initiatrices.

Elle sent la prière impérieuse du maître debout et servile pourtant. Elle comprend le geste de perversité ennoblie, l'enveloppant toute d'une caresse qui la pénètre de loin, comme le baiser même de cette terre africaine qui pousse au sang!

Lui seul, l'amant n'est pas encore tout l'amour, toute la luxure. Avec lui, sous la fenêtre, le pays des adultères et des incestes semble frémir. Les arbres fantastiques, les plantes grasses ont une pléthore de sénilité monstrueuse. Le soleil luit comme un stéis à l'horizon qui s'écarte. La lune se gonfle, comme un sein fécondé, à mesure qu'elle s'élève dans l'air bleu. La rivière n'a plus son rire de petite fille tranquille. Elle fume comme sur un riche travail de volupté qui la met en vapeurs dans le mystère de ses eaux.

Le sphinx, là-bas, qu'on distingue à peine, se

remue sur sa couche millénaire Au loin, au loin, des mers, la Méditerranée, le lac Maréotis, le Nil, l'Euphrate, bercent à petits coups d'amour la vaste terre malade.

Des oiseaux en vol mettent dans l'air une rutilance de saphirs.

El-Sénab défaille, vaincue, pâmée...

Derrière elle, l'odeur sûre du harem monte comme une senteur mauvaise de bêtes. L'Afrique en chambre suffoque, énerve. Le grand amour vainqueur, sous le ciel, par la campagne, la transporte...

A quelques mètres, le bien-aimé, silencieux, énamouré, attend, et avec lui, les plantes, les arbres, les astres, les maisons plus loin, les palais, les villes mortes qui semblent se lever pour voir Saïs, Alexandrie, avec, derrière elles, le regard des Césars dans la face des lions et des chimères de granit foudroyés.

Alors, tournée vers le bien-aimé, El-Sénab, majestueusement, ôte le voile qui recouvre son visage.

Il apparait tendre et merveilleux dans l'encadrement ornemental de la moucharabié.

L'air devient de plus en plus bleu et chaud à le baiser.

On dirait une fleur nouvelle qui respirerait.

L'inconnu prie à genoux dans le sable d'or... sous le ciel qui s'émeut.

IV

Le lendemain de ce jour mémorable, la matinée entière ne fut qu'une crainte continuelle pour El-Sénab et un continuel remords.

Avait-elle été vue ?

Sans le savoir, ne s'était-elle pas montrée aussi à un des eunuques jaloux.

Quelque passant, quelque ami révolté, une de ses compagnes, n'allait-il pas dénoncer son acte au maître? La punition s'annonçait, pour elle, terrible. Kan-Adzéma allait venir, tout à l'heure, en justicier. Chaque bruit insolite l'effrayait. Le moindre geste de Dorko lui broyait le cœur.

Pourtant, comme rien d'étrange ne survenait revélant un trouble intérieur dans la maison, elle reconquit un peu de calme vers les midi, à l'heure où tous les autres êtres vivants dormaient dans le harem.

Elle se plongea, peu à peu, dans l'unique souvenir de la bienheureuse soirée. Elle n'eut plus qu'une chaleur vive à ses tempes ornées de sequins à se rappeler son acte d'audace et d'amour devant le divin étranger dont les traits l'avaient si puissamment charmée. Elle s'émerveillait maintenant de sa révolte et une grande quiétude lui en survint qui l'étonna toute.

Elle prit le darabouka et, pour la première fois

depuis quatre jours, frappa l'instrument de ses doigts assemblés. Elle en fit sortir une mélodie

creuse, rauque, démente, comme frappée sur une gorge de poitrinaire amoureuse. Puis une triste légende, chantée maintes fois sous ses fenêtres par les bédouins voyageurs, s'exhala de ses lèvres brûlées de fièvre. Elle dit, dans le long sanglot du darabouka, la triste histoire de ce fils du désert qui s'était laissé lentement mourir d'amour pour une fille de calife qu'il avait vue passer une fois devant sa maison. La romance parlait de l'amour et de la mort comme de deux sœurs se tenant par la main, une qui rit à l'autre qui pleure.

El-Senab, impressionnée, interrompit son chant. La gourde sonore roula par terre, sur la mosaïque du parquet.

La Fatmah s'étendit sur son lit de repos, et toute sa pensée alla vers le cher bien-aimé.

Elle eût voulu le connaître plus entièrement, quoique le mystère de sa personne semblât doux à sa pensée.

Comment s'appelait-il ? D'où venait-il ? Où allait-il ?

Longtemps elle se posa ces questions, y répondant elle-même par mille captieuses fantaisies.

Elle cherchait des noms, le nom qu'il pouvait bien avoir.

Et quelqu'un près d'elle le lui dit, très bas, d'une voix humble, soumise :

— Amed Bou-Meddin. Il est d'Oran et vient de France. Il est riche et triste. Il cherche le bonheur!

Rabyn-Gaill s'inclina sans plus une parole.

D'un doux frôlement de main, en caresse, El Senab la remercia.

L'esclave, le matin, avait dû s'enquérir dans la ville. Elle comprit qu'elle lui était dévouée et un grand courage lui vint.

Elle rêva de bonheur, de ce bonheur qu'il cherchait.

— Amed, murmurait-elle heureuse, pâmée, Amed !

— Il n'aurait peut-être pas dû venir ici pour le bonheur, dit d'en bas Rabyn-Gaill.

El-Sénab trembla, et cette chose immense qu'était l'amour lui apparut fragile, débile comme un enfant dans cette Égypte de despotisme et de théocratie.

— Amed ! Amed ! pleurait-elle, languirai-je ainsi,

avec ton souvenir toujours en moi comme un poison dans mes veines? Ton nom est doux à ma bouche comme une goutte de lait aux lèvres d'un enfant. Tu as en toi tout le danger des choses que j'ignore. Mon cœur n'est plus que le camée de ton visage. Il me semble que tu es toujours là, derrière ce volet, immobile dans la campagne. Tu es venu de toutes mes peines à cette fenêtre ouverte où j'ai tant attendu. Tu m'es, à l'heure du crépuscule, le Dieu que j'appelais avec tant de douleurs, sous le voile qui cachait mes larmes. Tu es sorti de mon âme avec mon premier rêve et tu y reviens avec mon premier amour!

Moins émue, El-Sénab joue ensuite avec les bêtes. Dorko heureux lui fait mille grimaces significatives. Une vie nouvelle renaît dans la pièce. Les deux femmes dansent devant la favorite souriante. Rabyn-Gaill frappe le darabourka, puis bientôt elle se lève, et, tenant l'instrument au-dessus de sa tête de ses deux bras tendus, elle imite les plus célèbres *dasbiehs* en une danse lascive, désordonnée.

MOINS ÉMUE, EL-SÉNAB JOUE ENSUITE AVEC LES BÊTES (P. 62).

Et quand, fatigué, tout le harem repose, El-Sénab, à l'heure d'amour, ouvre la fenêtre sur son bonheur.

Il est là, devant elle, mains suppliantes, regards pleins de flammes, lèvres chargées de baisers.

— Amed! balbutie-t-elle.

— El-Sénab! répond-il avec un sourire.

Et elle s'étonne. Rabyn-Gaill lui a dit son nom. Elle ne s'en fâche point. Puisqu'elle l'aime, elle est toute à lui, toute...

— Amed!

— El-Sénab!

Et à se dire leurs noms, ils rient, ils rient comme deux grands enfants naïfs. Le beau visage de la bien-aimée resplendit comme un astre dans l'encadrement de la fenêtre : autour de lui, la nacre s'en éclaire de reflets changeants. Ses grands yeux noirs en amande ont une profondeur par laquelle on descend jusqu'à son cœur dans du velours. Le cou est nu, fragile et mat sous un quadruple rang d'or juif en sequins. La masse épaisse de ses cheveux se tord, se boucle comme des vagues d'encre sous la morsure des longs peignes, sous le réseau du frontal tout en or aussi comme une dentelle de soleil. La bouche, aux lèvres de fine jouisseuse, ouvre un tiède écrin de corail sur une rangée de perles.

Et, à voir cette beauté, à la contempler dans la transparence de l'azur, dans le mirage de l'air épais et chaud, Amed Bou-Meddin se sent transporté jusqu'au ciel, jusqu'à ce bonheur après lequel il marche depuis son départ du mélancolique pays de France.

Mais près d'eux, sur la place, des pèlerins passent. Ils arrivent pour le grand Molid qui va commencer dans quelques jours. Aux portes de la ville, ils disparaissent bientôt dans le dédale des rues éclatantes.

Ne vont-ils pas voir El-Sénab? Ne vont-ils pas voir les yeux du sacrilège fixés sur la perle du harem? Un d'eux n'ira-t-il pas avertir Kan-Adzéma-Deûn?

Amed, tremblant pour l'adorée, disparaît bientôt après un grand signe d'amour vers la moucharabié embrasée de soleil. Il descend mélancoliquement la rivière de Tantah, tandis qu'à ses côtés, processionne vers la mosquée des Saints une foule de voyageurs qui semble détachée d'une illustration du « Livre des Prophètes ».

Des soirs idéals s'écoulèrent, d'amour pur dans une virginale lumière.

Nul dans la maison, autre que Rabyn-Gaill, ne connaissait la divine aventure. Avec l'intelligence de son dévouement sans borne, elle la protégeait d'ailleurs, et plusieurs fois El-Sénab et Amed lui avaient dû leur salut.

Depuis quelque temps, l'Abyssine était inquiète, pourtant.

El-Sénab, qui ignorait la cause de ce trouble, essayait de le dissiper avec des rires et de joyeuses paroles. Mais Rabyn-Gaill devenait plus sombre et pressait avec attention les

mains de sa maitresse dans les siennes.

Une fièvre intense, une fièvre profonde minait El-Sénab, et c'est cela qui effrayait l'esclave. Elle voyait la Fathma dépérir de jour en jour. Le mal des légendes bédouines semblait la ravager peu à peu.

Elle se mourait d'amour et de désirs asphyxiés dans l'étroite maison.

Ses yeux se creusaient à mesure que leurs feux devenaient plus intenses. Une violence contenue soulevait sa lèvre supérieure, comme sous une sensation inexprimable. La pâleur de son visage s'accusait autour de l'incarnat des pommettes chaudes comme des seins.

Rabyn-Gaill conseillait la fuite à sa maitresse, l'assurait de son concours, lui disait d'aller à la liberté, à l'amour, pour une nuit au moins, pour une heure, dans les bras de l'amant qui se mourait aussi, qui s'effaçait comme une teinte anémiée sur le paysage de faïence. El-Sénab, peureuse, refusait, se bouchait les oreilles aux propos qui la brûlaient comme du feu. Jamais, jamais, elle

n'oserait pareille faute, ne se chargerait d'un tel crime.

Puis il lui semblait que de partout, en n'importe quel endroit, Adzéma ou un de ses eunuques saurait la découvrir.

Et elle se voyait ramenée au harem, dans les fers, dans l'esclavage, son amant laissé là-bas, quelque part sous le soleil, un couteau dans le cœur, trouant son image à elle qui y dormait toujours.

Quelles supplications pourtant il lui adressait de loin, le pauvre doux aimé. Il la priait, à genoux dans le sable, ainsi qu'une madone. Ses paroles venaient jusqu'à elle, à coups d'encensoir. La nature complice résonnait à les entendre, les répercutait jusque dans son cœur. Derrière lui les arbres faisaient de grands gestes licencieux. L'horizon flambait avec plus de violence, chaque jour, comme à une monstrueuse poussée de désirs.

A l'orient, la lune montait avec plus de rapidité, comme impatiente de se montrer nue et pâmée dans la couche firmamentale, d'y rouler la blancheur de sa croupe de neige obombrée par endroit.

Ah! comme tout la violentait, l'accablait de luxure hors la limite de la maison d'Adzéma, dans cette région où l'appelait l'élu de son âme.

Et elle sentait bien qu'elle mourait de cette lente succion des choses et de l'air qui la baisaient voluptueusement à même la peau.

Dans la tiédeur de cette fin de jour, elle se sentait plus lasse, plus abattue que jamais. Elle avouait clairement sa souffrance aux yeux apitoyés de Rabyn-Gaill. Et celle-ci, maternelle, posait sa main sur sa taille, sur ses flancs, cherchait à calmer le brasier, à apaiser le monde qui tressaillait là.

Ce soir, Fathma, ce soir, lui dit l'esclave.

El-Sénab tressaillit sans répondre.

— Laisse-moi faire, répéta-t-elle. Adzéma me trouvera dans sa couche, les eunuques et tes

ELLE AVOUAIT CLAIREMENT SA SOUFFRANCE AUX YEUX APITOYÉS DE RABYN-GAIL (P. 70).

compagnes dormiront d'un profond sommeil, d'un sommeil de mort. Les portes seront ouvertes... Tu te meurs, maitresse.

— Amed, répondit l'amoureuse, Amed!

C'était un acquiescement, et Rabyn-Gaill se leva, satisfaite de sa victoire.

Amed Bou-Meddin, comme il avait fait déjà plusieurs fois, resta assis près de la rivière, après la disparition de la bien-aimée.

Il aimait ce paysage dans lequel il l'avait découverte, fleur prodigieuse poussée dans l'ombre de cette maison. Ici, la vieille terre égyptienne avait pour lui des charmes qu'elle ne lui avait encore jamais donnés. Le site paraissait féérique dans le crépuscule, et, pas plus que le sphinx accroupi au bord de l'eau, il ne se lassait de le regarder. Il y trouvait un cadre digne de l'objet de son amour. La ville des Pharaons ressuscitée semblait sourire, par cette fenêtre, à l'Egypte morte étendue toute blanche et muette, avec sur elle le suaire de ses ruines trop lourdes, impossible à soulever.

Le soleil a disparu entièrement vers l'ouest. Une clarté vive reste pourtant sur la terre. La lune éclatante met un tain de mercure sur les objets. Les étoiles brillent comme des yeux d'anges à l'orient.

Amed ne quitte plus du regard la maison de Kan-Adzema-Deun où dort sa bien-aimée. Il la cherche en pensée dans la triste demeure. Une angoisse le brûle à la gorge à l'idée qu'elle peut être dans les bras de son maître.

Ce n'est pas en lui l'instinct de la tyrannie, la passion de la propriété qui gémissent, sentiments habituels à ceux de sa race et de toutes les races d'Afrique, mais l'âpre, la folle, l'amère jalousie qu'il a apprise dans les pays occidentaux.

Il souffre, comme s'il avait tout le sable du désert dans la gorge, tout le feu du soleil dans la poitrine. Ses deux mains nerveuses écrasent son cœur aux battements de folie. Des larmes brûlent ses paupières, et, quand tout à coup il voit s'ouvrir la fenêtre bénie, il croit à quelque trompeur mirage. Cependant il essuie ses yeux et une joie l'envahit comme un délire. Blanche devant la blancheur du site, dans la pénombre laiteuse de la chambre, El-Sénab apparait, se penche sur la campagne, cherche le doux ami.

Il court vers elle, et sa voix tremblante s'élève :

— El-Sénab... Ah ! ce que je pensais ! Et tu es là, divine et pure dans la nuit d'argent. Oh ! tu es belle...

Elle s'incline encore sur le vide, et son buste s'éploie comme une aile sur la tête de l'amant.

— Tu ne sais pas, Amed, je meurs... Rabyn-Gaill me dit que c'est d'amour et je ne voudrais point de la vie sans ton amour.

— El-Sénab... tes yeux brillent sur mon front comme une double étoile, mon ciel !

— Amed... Rabyn-Gaill me dit que je trouverais le repos dans la mort.

— Je n'entends pas tes paroles... ta bouche s'entr'ouvre, charmeuse, et ton haleine parfume l'air que je respire, ma fleur !

— Rabyn-Gaill me dit aussi que je trouverais le repos et le bonheur dans les bras de mon amant.

— Rabyn-Gaill parle maintenant comme mon cœur. Laisse-moi te prendre, t'emporter, mon âme !

— Oh ! non, pas cela... Je voudrais désaltérer mes lèvres d'abord.

— Mais, dis un mot, et demain nous serons loin, vers ces pays que tu songes, mon rêve !

— Ah ! mon Amed... Je voudrais un apaisement à mon cœur d'abord...

— El-Sénaïb, si tu veux, le soleil ne se lèvera pas pour nous ici.

— Je voudrais un apaisement à ma chair d'abord, Amed.

— Mes baisers seuls peuvent être la rosée rafraîchissante à ta lèvre, à ton cœur, à ta chair.

— Donne-moi donc tes baisers, mon bien-aimé.

— Je ne puis que les faire monter dans l'air vers toi.

— Que ne montes-tu toi-même, Amed... Il n'est pas de hauteur où l'oiseau ne rejoigne sa compagne quand elle l'appelle d'amour.

— Mais que ferai-je pour ce que tu demandes... pour ce que je brûle de t'offrir.

— Rabyn-Gaill m'a donné cette corde en filigrane... Elle l'a attachée au scellement de la niche de Dorko... Il faisait des grimaces, Dorko, si tu avais vu!... Rabyn-Gaill ne veut pas que je meure, mon bien-aimé!

Amed est bientôt assis sur le rebord de la fenêtre.

El-Sénab terrifiée s'efface un peu dans l'ombre. La minute solennelle l'étreint, redoutable. Puis elle s'approche, vaincue par la supplication des deux grands yeux noirs de l'amant. Ils n'ont plus une parole. Il leur semble qu'un mot ferait fuir leur âme qui tremble sur leurs lèvres. La lourde tête de la fathma se baisse. Son corps frémit sous le léger tissu de soie qui l'enveloppe.

Soudain sur sa bouche une bouche de feu se pose. Cette bouche cherche d'abord, timide, puis elle s'applique, audacieuse. Les lèvres se collent comme aimantées. Ils se boivent l'un l'autre à même le bord des cœurs pâmés. Jusque dans elle, jusque dans lui, ce baiser descend, se répercute, se multiplie. L'infini de la vie et l'infini de l'amour se confondent éperdument dans le bleu laiteux de l'espace, sous le blanc azuré de la lune qui caresse doucement comme une main la silhouette tremblante d'Amed suspendu dans le vide au cou de l'adorée.

Brusquement, une ombre surgit près d'eux, des mains frôlent l'épaule d'El-Sénab. Elle pousse un cri, une plainte d'agonie. Amed s'écroule comme une masse le long du filigrane.

Puis aussitôt un rire de folle s'élève. El-Sénab a reconnu Dorko, le singe, que leurs paroles ont réveillé. Et elle rit pour rassurer l'amant. Peureuse, cependant, elle retire la corde.

— C'est Dorko, dit-elle. Ah ! quelle terreur j'ai eue, mon bien aimé.

Il lui sourit, confus d'un pareil effroi.

— El-Sénab, encore. .

IL FAISAIT DES GRIMACES, DORKO,
SI TU AVAIS VU... (P. 77).

— Oh ! non... J'ai bu à la source d'amour, et je garde aux lèvres une douceur de figues fraîches... Adieu, mon amant, je vais rêver toute la nuit.

— Je ne dormirai pas, ton baiser brule encore ma lèvre, et la brise qui passe en emportera la saveur jusqu'aux étoiles sans jamais l'effacer.

Il veut qu'une seconde fois El-Senab jette la corde après laquelle il pourra monter pour cueillir un autre baiser, long, délicieux...

Mais elle est craintive. Elle est comme une petite fleur poussée dans une cassette, au milieu de l'énorme nuit d'amour.

Et elle s'efface...

— Non, adieu, bien aime. Je vais m'endormir avec en moi la sensation de ton baiser, comme si j'étais toute couchée sur ta bouche.

V

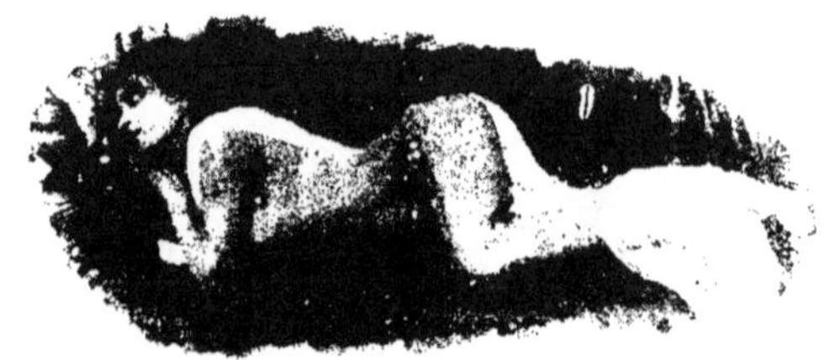

Le lendemain, El-Sénab ne peut s'arracher de sa couche... Une langueur immense la cloue sur ses coussins. Elle n'a pu dormir de toute la nuit, ou du moins, il lui semble que quelqu'un a dormi pour elle, quelqu'un qu'elle regardait sommeiller, tandis qu'elle vivait comme on rêve, au milieu de choses inouïes dont elle a beaucoup souffert...

Sa tête est lourde. Il lui semble que jamais plus son cou fragile ne pourra la soulever. Un cercle de fer étreint son front. Ses yeux lui font mal à les tourner sous les paupières; ses lèvres et sa gorge sont secs et son cœur bat lentement, mais à gros coups qui l'agitent toute.

Elle demande un peu de sorbet de Bardou pour rafraichir sa bouche, puis Rabyn-Gaill lui donne quelques shekerlii qu'elle suce lentement.

Pourquoi ne veut-elle pas se lever?

Les heures passent, le soleil est déjà haut sur l'Egypte.

Elle ne bouge toujours pas, plus malade que la veille, les yeux plus creusés, les pommettes plus chaudes, les flancs et les seins plus malades d'amour.

Alors Rabyn-Gaid la questionne, l'interroge sur sa nuit. La Fathma, rougissante, s'incline un peu sur l'esclave, et, honteuse comme une enfant, lui conte l'histoire de l'unique baiser, du divin, du terrible baiser...

— C'est tout ?

L'Abyssine riait, d'un grand rire montrant toute sa dentition superbe comme de petits grains d'ivoire sertis de velours rouge.

— Mais, Ra-n-ga? fit El-Sénab en un doux diminutif.

— Bon Allah ! bon Allah ! faisait l'esclave, les mains au ciel.

Puis elle redevint grave et elle regarda sa maîtresse. Elle appuya sa tête sur sa gorge, mit la main sur son front brûlant, sur son cœur, et apitoyée.

— Toi, va mourir, Fathma, et Amed aussi et Rabyn-Gaill avec.

— Amed, tu dis ?

Elle se soulève, effrayée, puis retombe, lasse tout à coup.

Rabyn-Gaill prend un écran et l'évente.

— Fathma, écoute...

Le petit morceau de soie encadré de bambou agite doucement l'air, tandis que l'esclave parle; et ses paroles chantantes, légères, ont des airs de papillons emportés dans la brise. Chacun, d'un coup d'aile parfumé et frais, frôle le cœur de la douloureuse amante; à mesure son mal s'en va, comme sous des doigts de magicien.

Mais elle reste très peureuse à ce que lui dit Rabyn-Gaill. Elle s'en défend, à voix basse, avec un accent d'inexprimable fatalité.

— Ce qui est écrit est écrit, Ra-n-Ga. C'est ici que je voudrais mon amant, et voir dormir, près de la mienne, sa belle tête — tu as vu ses yeux Ra-n-Ga ? — sur mes coussins de soie brodés d'or. Pourquoi Adzéma ? quand c'est mon amant Amed que j'adore et qui est là à mourir de l'autre côté, dans cette campagne où je ne puis pas aller... tu sens bien que je ne suis pas une fille de la campagne. Il y a tant de choses qui me feraient peur... et comment marcherais-je sur les routes avec mes babouches ? Mes pieds saigneraient bientôt plus que mon cœur, Ra-n-Ga.

Ah! je voudrais respirer l'haleine de mon bien-aimé, vois-tu, dans cette atmosphère de bonbons qui nous environne... J'ai failli mourir cette nuit quand Dorko s'est jeté sur moi.

— Mais Fathma, jamais Amed ne pourra rentrer ici, n'y pourra reposer sa tête sur tes coussins de soie.

— Si Allah le veut...

— Allah veut ce qu'on veut... Fais ce que je t'ai dit, Fathma.

— Les lèvres d'Amed, Ra-n-Ga, ont une douceur de flan de Kousloukoum. Si je meurs, tu m'en feras tomber d'un peu haut des petits morceaux sur les lèvres et je m'imaginerai que ce sont de ses baisers qui pleuvent sur moi.

— El-Sénab, ce seraient des baisers bien amers qui tomberaient des lèvres de ton amant si tu mourais... Ce seraient des larmes qui te baiseraient.

— Comme je suis malade, Ra-n-Ga, je sens bien que je ne peux plus vivre ainsi.

Le temps passe, l'heure va sonner.

El-Sénah ne se lève pourtant pas.

Elle sent bien qu'il est là, dehors, debout et suppliant dans la campagne, et qu'il attend sa venue comme un lever d'astre, comme l'apparition de l'étoile même de son bonheur, mais elle ne peut faire un mouvement, une force étrange la retient sur sa couche et elle cherche à peine à s'y soustraire dans la fatalité de son mal qu'elle accepte si absolument.

Son amour l'effraie qui lui a fait perdre, en si peu de temps, le calme, le repos, la santé. Elle se sent moins soumise à Amed qu'à un maléfice qui la tue, la brise, qui a déjà fait mourir tant de fathmas et de fils d'Allah. Comme dans la légende, il n'y a rien à faire, elle va mourir de langueur pour le beau voyageur qui passa devant sa maison.

Amed ne peut pas lui en vouloir de ne point se montrer à ses yeux. Il a bien dû comprendre qu'elle était frappée du Grand Mal et qu'elle agonisait doucement, comme un parfum, comme une musique, loin de lui vers qui elle ne pouvait aller, puisque Allah l'avait faite la femme de Kan-Adzé-ma-Deûn, la prisonnière de la petite maison du

canal de Tantah. Comme si la prière d'Amed avait cependant pénétré le harem, une immense pitié l'envahit, et des flots de larmes coulent de ses yeux, de ses pauvres yeux de divine ignorante.

Aux conseils de Rabyn-Gaill elle oppose encore un doux entêtement, secoue avec lenteur sa tête et pousse de petits cris effrayés, parfois, à la brusque vision d'un grand eunuque qui la poursuit, un couteau entre les dents, par delà les palmiers, les caroubiers et le sphinx, dans l'effrayant mystère de l'horizon inconnu.

— Oh ! mon pauvre aimé, j'entends bien qu'il pleure. Mais il ne peut rien dire, tu vois aussi mes larmes, Rabyn-Gaill !

— Regarde-le, Fathma... Montre-toi à lui. L'heure est déjà passée... depuis longtemps.

— Tu crois qu'il faut? Elle se soulève un peu, fixe l'ouverture de la moucharabié.

Soudain il lui semble qu'elle a entendu un bruit dehors, sur la route, et plus pâle encore, elle se renverse effrayée.

— Quelqu'un a passé.

— Non, Fathma, c'est le vent qui danse ou Admed qui t'appelle.

— C'est le soir, Ra-n-Ga. Est-ce le soleil qui se couche ou la lune qui se lève?

— C'est la lune qui se lève pour voir les larmes de ton amant, Fathma.

— Cette nuit va peut-être me guérir — Allah n'a qu'à vouloir — alors demain, je lui parlerai, au bien-aimé.

— Il sera peut-être aussi guéri, lui, El-Sénab, guéri de la vie, demain... et il ne te parlera plus jamais alors.

— Ah! Ra-n-Ga!

Assises sur les nattes, les autres femmes fument et jouent. Elle partage une minute leurs jeux puis revient s'assoir fatiguée. Les bêtes, de nouveau, sont silencieuses, contemplatives et tristes. Le même air d'accablement les annihile depuis trois jours dans la fumée du narghilé et des brûle-parfums et dans l'odeur âcre des bonbons et des gâteaux.

La favorite est malade : tout le harem en meurt!

De chaque côté de la fenêtre l'ombre s'est

allongée longitudinalement dans la pièce et se volatilise au fond vers la lumière colorée des lanternes éclairant Aïdjé et Mouradieh. Au milieu, un chemin blanc se dessine, qui passe par l'ouverture carrée et vient du ciel.

Au bord, à gauche, à moitié éclairée, se tient El-Sénab; Rabyn-Gaill est assise à ses pieds, en plein dans la lumière.

— Va, Fathma, nul ne te verra; regarde dans la campagne, fait l'Abyssine.

— Mais si je le vois, j'en mourrai. Mon cœur bondira vers lui où ma pensée est; je puis bien vivre sans ma pensée, mais je ne pourrai pas vivre sans mon cœur. Dis, Ra-n-Ga, tu ne crois pas qu'il veuille que je meure?

— Oh! Fathma!

— Tiens, regarde cette étoile, juste devant nous. Elle n'y était pas hier. C'est peut-être notre baiser de cette nuit qui s'est fixé là.

Fathma, on dirait qu'on a pleuré dans la campagne.

Rabyn-Gaill regarde dehors.

ELLE PARTAGE UNE MINUTE
LEURS JEUX... (P. 93).

— Il n'est plus là-haut, vers les pierres tombées du mur.

— Quoi, tu ne le vois plus, mon bien-aimé?

— Je ne le vois plus, El-Sénab.

— Pourtant la nuit mélancolique est belle comme s'il y était.

— Mais j'entends des soupirs, tout près.

— C'est la clarté de la lune qui marche.

— Mais j'entends comme des bruits de musique, là sous la maison.

— C'est peut-être des étoiles qui tombent dans la rivière.

— Mais Fathma, on chante...

— C'est mon amant qui chante, je te le disais bien qu'il était dans la nuit si belle.

Et vers la fleur égygtienne épuisée une divine romance monte comme un aveu, comme un baiser qui aurait des ailes.

A Paris, Amed a appris à jouer du romantique instrument espagnol. Il a, bien des soirs, fait vibrer sur sa guitare la vague nostalgie de son ame en exil. Son esprit romanesque s'est complu de longues heures à chanter tout en s'accompagnant, comme avec quelqu'un qui vous parlerait tandis qu'on pleure, les romances sentimentales modernes, les « canzonetto » italiennes et les boleros en vogue. Leur harmonie facile, qui prend au cœur, l'émouvait surtout, ainsi que la tristesse des sujets et leur couleur orientale mitigée parfois d'un détraquant parisianisme. Ce soir, comme il n'a pas contemplé l'adorée, il chante, il sanglote les :

J'ai tant besoin de ton amour.

Et voilà que la nuit s'émeut, exagère ses beautés, tandis que les accords et la voix montent comme un jet de cristal, qui tout à coup, fuse en mille gerbes bruissantes et retombe en ombelle invisible dans l'air vibrant comme un diapason.

J'ai tant besoin de ton baiser.

Cette chanson d'Occident étonne le sphinx, au bord de la rivière.

Est-ce qu'à cette autre âme, l'âme antique s'éveillerait ?

Le bleu du ciel perd un peu de sa teinte d'acier; on le dirait étendu dans une alcôve de jeune fille. L'air a des chaleurs de semence, et c'est un parfum de femme qui vient des grandes plantes.

El-Sénab se sent attirée peu à peu vers la fenêtre bénie. La musique, comme un charme plus puissant, l'arrache à sa langueur, et ses mains endiamantées se tendent dans le vide, au-dessus du chanteur.

Il les a vues, et il chante :

— El-Sénab, ma bien-aimée !

— Amed !

La corde s'est déroulée toute seule, vers la terre. El-Sénab s'en étonne, mais Rabyn-Gaill près d'elle sourit, et elle en attache l'extrémité à la niche de Dorko.

— Tu veilles, Ra-n'ga ?

L'amant est déjà suspendu près d'elle, et leurs lèvres s'unissent dans un baiser infini!

VI

El-Sénab, depuis quelques jours, est plus gaie. Tout sourit à nouveau dans le harem.

Son fatalisme et son inconscience enfantine lui ont fait accepter son amour, tel qu'il est, avec ses dangers et ses privations.

Elle joue, elle rit.

Elle est toute au bonheur inexprimable de la nouvelle sensation qui gonfle son sein, et elle vit plus de ce qu'elle éprouve que de l'objet qui le lui fait éprouver.

Pour un instant, Amed s'efface un peu. Ce qui resplendit, ce qui l'éblouit de rayons et la pénètre de chaleur, c'est ce sentiment exquis né dans elle comme un merveilleux enfant, dont à le voir elle pense à chaque instant s'évanouir.

Elle s'enorgueillit. De quoi? Elle l'ignore.

Il faut donc que quelque chose de grand ait poussé en elle, pour qu'elle prenne autant conscience d'elle-même, et une conscience supérieure.

Elle se sent bonne comme elle l'a jamais été; belle comme on ne peut pas l'être?

Elle comprend très bien certains faits, mystérieux pour elle avant.

Elle se sent maternelle, très disposée à pardonner aux faiblesses d'autrui, et les êtres qui vivent autour d'elles lui font pitié, dépossédés qu'ils sont de cette chose sainte, de cette chose divine qu'est l'amour.

Elle est dans un paradis, dont elle voudrait ouvrir les portes à tout le monde, à tout le monde, excepté à Kan-Adzéma-Deûn.

Elle rêve à tout cela un matin, tandis que par la moucharabié à peine entr'ouverte entre une vague brise.

Tout à coup quelque chose passe, arrive de dehors, tombe sur ses genoux.

Elle est surprise, pousse un petit cri, puis elle ramasse l'objet, une fleur blanche, une fleur superbe de datura.

Elle s'étonne. Est-ce un bonjour de l'aurore ; l'offrande d'un oiseau ; le don délicat d'un nuage.

L'amour est une

chose merveilleuse; il arrive des merveilles quand on aime. Mais elle sourit en respirant la fleur belle et mortelle en laquelle elle a bien de suite reconnu au fond une attention d'Amed, un geste de son âme vers elle, la pensée blanche de l'amant au réveil.

Elle le remerciera tout-à-l'heure par l'envoi d'un baiser.

Elle contemple en attendant le touchant cadeau, et elle est toute surprise de voir pour la première fois combien une fleur est jolie.

Une fleur! Elle ne s'en est pas rendu compte encore, mais elle voit qu'il n'y a rien de plus beau au monde. Son esprit vraiment s'est ouvert avec son âme. L'amour est en tout la suprême intelligence.

Des fleurs! En a-t-elle assez cueillies, brisées, foulées jusqu'ici, indifférente. Et voilà que celle-là l'émeut, l'impressionne avec la gracilité de son calice empoisonné, le tremblement virginal de son tissu laiteux et elle la touche avec respect, la caresse avec dévotion, avec des gestes de prélat et de visitandine, avec la ferveur d'une jeune communiante devant la première hostie.

Le soir, tandis qu'elle repose, une autre fleur tombe sur ses genoux, une fleur rouge, une fleur violente de grenadier.

Elle tressaille. Une rougeur lui monte au front.

Est-ce une goutte de sang du crépuscule ou une goutte de sang de son amant qui tache ainsi sa robe, au haut des jambes.

Elle la prend avec hâte, la cache dans sa petite main pâle.

Mais à travers ses doigts les pétales sortent, les ourlent de chair à vif et il lui semble qu'elle tient un cœur dans sa main, un cœur qui bat et qui brûle.

Ah! le symbole est puissant!

Son corps aussi est ouvert à des compréhensions intimes. L'amour est un maître inouï!

La fleur rouge au seuil de la nuit, est comme une veilleuse à l'entrée du sanctuaire.

C'est aussi l'ordre souverain d'Amed de se

recueillir, avec lui, en pensée, dans l'œuvre apaisante des communions solitaires.

C'est une bouche sur sa bouche, que cette fleur qu'il a baisée.

. . . .

Et le soir, pour dormir, elle mit la fleur de datura sur son cœur, la fleur de grenadier à ses lèvres.

Maintenant, à la tombée du jour, elle encadre régulièrement sa tête divine dans l'ouverture de la moucharabié, quand l'amant apparait au mur de la ville.

Le matin et dans la journée elle trompe les heures de l'attente en compagnie des autres femmes ou en se livrant avec Rabyn-Gaill à un jeu qu'elle a inventé.

El-Sénab dort ou feint de dormir. L'esclave vient alors vers elle et l'éveille en l'appelant ma bien-aimée. Elle imite la voix d'Amed et, pendant longtemps, elle lui parle de son amour, l'entretient de ses désirs, de ses espoirs.

Alors El-Sénab répond tout en fermant les yeux.

Rabyn-Gaill, comme le ferait l'amant, la baise, malgré sa défense, sur le front, puis sur la bouche, puis sur les joues, puis sur les seins... La Fathma se débat, supplie son amant d'arrêter son ardeur amoureuse. Elle pleure, elle implore. Alors Rabyn-Gaïll demande pardon, conjure sa bien-aimée, sa maîtresse, d'ouvrir les yeux pour bien lui montrer qu'il n'y a pas de larmes.

El-Sénab ouvre les paupières, sourit à Rabyn-Gaill, et la comédie se termine... avec le regret cuisant pour la favorite que ce ne soit qu'une comédie.

Mais voilà qu'au temps des fêtes, Adzéma-Deûn garde auprès de lui El-Sénab, trois jours de suite et trois nuits.

Quand, revenue au harem, elle se montre, à l'heure fatidique, aux yeux de l'amant, ils sont effrayés à se voir tous deux si pâles, les joues si creuses, les yeux agrandis par la fièvre, fondus par les larmes.

Elle tend vers lui ses mains suppliantes...

Il détourne la tête.

Il ne pardonne pas. Mais que pouvait-elle faire? Elle ne pouvait pas se refuser? Elle est la chose d'Adzéma avant d'être l'amante d'Amed. Il est vraiment cruel de la faire encore souffrir, elle qui, pendant ces jours, pendant ces nuits, a, pour la première fois, indifférente jusqu'ici, senti la blessure profonde du mâle haï.

— Vois, Ra-n'Ga, il ne m'aime pas... C'est un méchant.

Que me parlais-tu de sa peine?

Elle croise un peu les volets incrustés. Elle baisse son voile sur elle, et là, en face de la petite ouverture, le front dans ses mains, elle pleure de se voir si malheureuse, si abandonnée de tous, si peu aimée.

Amed a vu la pleureuse.

Amed a compris le mal qu'il lui avait fait, et le

.... ELLE TROMPE LES HEURES DE L'ATTENTE EN COMPAGNIE DES AUTRES FEMMES (P. 108).

voilà qui vient, là, tout au bas du mur, supplier, implorer, les bras tendus vers son étoile affligée.

Elle sourit bientôt à travers ses larmes et, sur l'invitation de l'amant, relève son voile.

Mais tout à coup elle s'épouvante. Les deux mains crispées au bois des montants, la tête légèrement renversée, elle répond des : « non, non, non », angoissés à de folles paroles qui montent, à des paroles qui la brulent au passage comme une flambée de paille au pied du mur.

— Si, si, El-Sénab, si tu ne veux pas que je meure... j'ai, pendant ces trois nuits et pendant ces trois jours, tenu mes yeux fermés pour ne pas être complice de la nature qui, sans se révolter, voyait cette chose : ton corps dans les bras de ton maitre, dans les bras de cet homme exécré. Mes yeux sont vierges depuis toi, de tout être humain... Sur ton corps, mes regards couleront comme une rosée rafraîchissante, comme les flots de la rivière qui lavent les grandes fleurs en passant. Ce qu'un autre a baisé, ne puis-je le contempler ? De mes mains, de ces mains qui te supplient, je m'arracherai les yeux, mes yeux qui sont las des beautés du ciel depuis que j'ai pensé à ta beauté.

— Non, non, fait la voix étouffée, non!

Et Rabyn-Gaill implore aussi.

— Maitresse, tu lui donnes si peu. Il veut te voir, puisqu'il ne peut te prendre. Il te couchera dans ses yeux..., pour ses nuits solitaires.

Déjà, plus mollement, El-Sénab se défend. Elle se sait belle, d'ailleurs, et son orgueil la violente plus que tout autre chose. Rabyn-Gaill le sait et elle en use.

— Dans ce crépuscule tu seras merveilleuse, Fathma.

— El-Sénab, fait la voix qui pleure de la terre, l'astre d'argent va monter dans le ciel. Toi, plus belle, prends sa place ce soir, pour ton amant.

Rien ne répond plus déjà, vers la fenêtre.

— Mais Ra-n'ga, je ne puis vraiment, ainsi, me dévêtir toute...

— La gorge, maîtresse, aujourd'hui. Il faut habituer le ciel et ton amant à te voir...

Amed est monté un peu, devant la maison; il regarde en plein El-Sénab, et comme si tout à coup, de son amour exalté lui venait une folie, il ordonne, il commande, il fait des signes impérieux, de grands gestes de viol et de luxure.

Elle s'amuse d'abord, honteuse, timide.

Elle sourit pour lui montrer toutes ses dents qui semblent des gouttes de lait entre les lèvres d'un bébé... Elle incline un peu la tête, pour qu'il voit bien son front poli comme un galet, et jette son voile, défait sa coiffure pour lui faire admirer ses cheveux splendides, ses cheveux qui ont l'air de nuages noirs roulant d'un glacier.

Puis ses yeux s'ouvrent tout grands, et elle les penche vers le bien aimé, dans le geste de lui offrir deux pensées... deux larges pensées sombres peintes sur de l'émail blanc.

Mais Amed s'impatiente, ses bras se tordent vers le ciel.

Soumise, elle écarte un peu la gaze entourant son cou, et elle le montre long, fragile, délicat, comme le col d'un porte bouquet d'Owari, blanc comme une porcelaine de Chou... Puis, elle dévoile ses épaules et elle les fait jouer dans la lumière crépusculaire, se retourne, montre la chute adorable de la nuque qui donne un vertige de bouche sur l'à pic du rein creusé sous l'étoffe. Elle revient vers les yeux qui de loin la possèdent...

Et divine d'ingénuité, de grâce, de pudeur inapprise et charmante, elle écarte le tissu, incline ses joues rougissantes et montre...

— C'est assez pour ce soir Ra-n'Ga, si tu ne veux que je meure !

... Montre la naissance de sa gorge merveilleuse, dont les deux moitiés de globe dépassent à peine du tulle et de la soie, et ont l'air de deux enfants qui dorment sur leur mère.

— Amed, adieu... A demain, mon bien-aimé !

Le lendemain et plusieurs soirs de suite, El-Sénab compatissante aux prières de son amant, se montre peu à peu à lui, dans l'intimité douce du site solitaire.

Elle lui a montré ses bras... et il a eu de petits cris de volupté, comme s'il en avait senti la liane tiède sur son corps...

Elle lui a montré un sein, d'abord, et il a frémi, ses lèvres se sont tendues, passionnées, vers ce fruit gonflé d'amour, qu'au prix de sa vie il eût voulu cueillir...

Puis, une fois, elle a découvert ses reins, n'en montrant pas plus, mais il est tombé à genoux, comme s'ils avaient pu lui servir de prie-Dieu....

Puis, toute sa gorge lui est apparue, dans une heure immortelle...

Il n'a pas vu que la nuit s'en éclairait, qu'elle prolongeait la voie lactée dans l'ombre bleuie, que l'air devenait chaud subitement autour de ces globes rougis au bout... Il se frappait le front contre la terre, comme devant l'élévation d'un double ostensoir d'argent...

Les jours se passent.

El-Sénab ne veut plus autre chose... malgré qu'il ordonne, malgré qu'il pleure.

Elle a des remords infinis déjà de ce qu'elle a fait.

Il lui semble vaguement que non seulement le bien-aimé, le ciel, la campagne, ont vu ses nudités, mais aussi la ville et toutes ses maisons, et tous les habitants de ses maisons.

Elle ose à peine regarder le jour et rougit devant les autres femmes, dès que celles-ci parlent de leurs beautés secrètes. Elle est inquiète, malheureuse, tremble devant Adzéma-Deün et tombe de plus en plus malade sous ses possessions incomplètes qui l'irritent de loin, comme si chaque regard d'Amed sur sa peau était un doigt ou un baiser. Elle en oublie l'amant, le triste contemplateur de ses charmes, au point que Rabyn-Gaill doit lui en faire souvenir, un soir...

— J'ai vu, Fathma, ton bien-aimé couché dans la poussière, près de la rivière, hier.

Puis :

— El-Sénab, j'ai vu ton bien-aimé qui pleurait dans la poussière, aux portes de la ville, il y a deux jours.

Et encore :

— Maitresse, ton bien-aimé est en train de

mourir, je crois, dans la poussière, là, sous la moucharabié.

Elle a bondi.

— Mourir, tu dis!

Elle ouvre la fenêtre, puis se penche anxieuse.

— Amed !

— El-Sénab !

C'est un soufle qui monte, une larme qui s'évapore.

— Mon bien-aimé !

— Ma bien-aimée!

Repentante, elle lui jette à profusion des paroles d'amour, des paroles divines, des paroles étoilées.

Il se soulève, il se relève, il lui apparaît, semblable à un fantôme.

— Mais tu t'es tué.

— Depuis trois jours, je suis là ; je n'ai fait que pleurer et t'attendre.

— Tu meurs de faim?

— Non, d'amour.

— Que veux-tu...?

Te voir!

— Amed...

Elle lui montre son visage tout baigné de larmes.

— Tu me pardonnes.

— Je t'aime!

— Tu aurais pu mourir.

— Je t'adore!

A la voir il devient très fort. La vie, par les yeux le pénètre. Il l'entretient de sa misère... qui ne peut pas durer. Il ne se tuera pas, il se laissera mourir, là, devant sa maison. Il ne demande qu'une chose : que des passants l'ensevelissent, dans le sable où il sera mort, près d'elle.

Ce désespoir qui la navre, la fait se révolter. Elle ne peut pas ainsi tuer le doux ami.

— Je suis à toi, depuis bien avant que je te connaisse... Rien n'est changé. Mais viens demain soir... puisque tu en mourrais.

Et elle consent à tout, fait la promesse qu'il demande.

Quand la lune sera levée, baignera le harem

de clarté, il montera après la corde que jettera Rabyn-Gaill, et, aidé de celle-ci se tiendra contre la moucharabié, la tête dans l'étroite ouverture.

Devant lui, dans la lumière idéale de ce soir oriental, El-Sénab se dévetira tout entière pour l'extase infinie de celui qu'elle aime...

Ses mains, peut-être, vers elle pourront venir, sur ses charmes se perdre, et il a déjà aux doigts une douceur de satin et de toison...

Mais le lendemain, de grand matin, Rabyn-Gaill pénètre dans la chambre des femmes.

Elle a passé la nuit avec le maître, et, chose extraordinaire, un air de joie très vif est répandu sur son visage.

Elle emmène El-Sénab dans l'endroit de la pièce où celle-ci a l'habitude de se tenir.

Aïdjé et Mouradich ne peuvent les entendre.

Rabyn-Gaill parle alors, tout bas d'ailleurs, et tour à tour les traits d'El-Sénab expriment la joie et la terreur.

— Puisque je te le dis, j'en suis sûre, Fathma. Adzéma quitte la ville après le marché.

Il ne reviendra que demain très tard. Il me l'a dit cette nuit, puis j'ai entendu les ordres qu'il a donnés, avant de sortir, à Go-Amed.

El Sénab a souri ; maintenant elle tressaille.

— Écoute, dit l'Abyssine.

Elles se rapprochent toutes deux étroitement.

Les paroles de l'esclave vibrent à même l'oreille de l'amante.

— Tu as ainsi une nuit de libre, toute une nuit.

— Pourquoi faire, Ra-n-ga ?

Et plus bas :

— Pour vous aimer, répond la brune fille.

— Tu me fais mal à me parler ainsi, quand je ne comprends pas tes paroles.

— Te souviens-tu d'un soir, où tout dormait dans le harem, les eunuques et tes compagnes. Te souviens-tu de ce sommeil lourd, mystérieux... Il en sera de même cette nuit... si tu veux...

— Je ne t'ai pas dit que je ne voulais pas. Mais que ferai-je ? Que veux-tu que nous fassions cette nuit ?

Rabyn-Gaill regarde la favorite. Ses grands yeux noirs la scrutent attentivement. Puis devant sa candeur elle rit bruyamment, aux éclats.

El-Sénab se fâche, l'appelle méchante, dure fille.

— Mais non.

Elle lui prend la main.

— Fathma, tu songes bien qu'il sera divinement heureux, ton bien-aimé.

Que faut-il que je fasse, pour cela ?

— Que tu sortes cette nuit, avec lui, par la campagne.

El-Sénab ne répond pas.

Elle est pâle et ses yeux deviennent de plus en plus hagards.

— Que tu t'en ailles, avec lui, jusqu'où t'emmènera son caprice, jusqu'où vous arrêteront vos désirs.

— Que j'aille, dis-tu ?

— Mais écoute-moi, Fathma ! tu ne crains rien.

Dehors ! dehors !

— Je vous suivrai. Je veillerai.

La nuit. Dans la campagne.

Avec ton amant, avec ton bien-aimé.

— Mais tu es folle, Ra-n-ga ! tu es folle !

Elle a crié. Les autres femmes se sont retournées, surprises.

El-Sénab engloutit sa tête dans les coussins, comme si elle ne voulait plus entendre, comme si elle ne voulait pas voir l'effrayante possibilité d'amour libre sous le grand ciel, sous du vrai ciel.

— Maîtresse, maîtresse.

Rabyn-Gaill la caresse tendrement, l'appelle avec douceur. Elle a des larmes dans la voix.

Peu à peu la Fathma relève la tête.

— Pauvre Amed, triste amant!

Elle a entendu, sans vouloir, les mots de l'esclave et elle relève davantage son front ombrageux.

— Pauvre amant!

— Rabyn-Gaill.

Elle l'appelle avec crainte.

Ses yeux peureux la fixent avec un air tremblant de fuite.

— Crois-tu que j'aime Amed?

— Oui, Fathma.

— Que ferais-tu, toi, pour celui que tu aimerais?

— Tout... jusqu'à mourir.

— Tout?

Elle réfléchit, puis :

Moi aussi... s'il n'y avait pas Adzéma.

— Il ne doit y avoir qu'Amed.

— Dehors?

Rabyn-Gaill s'éloigne.

El-Sénab s'allonge sur les nattes, se cache le visage sous un voile et songe, en proie à de mortelles angoisses.

Quelques moments avant le crépuscule, Rabyn-Gaill vient auprès de la favorite.

Elle ne dit rien. Ses yeux la fixent simplement avec compassion.

El-Sénab les évite d'abord, tourne les siens, qui sont rouges d'avoir pleuré.

Bientôt elle baisse la tête et elle parle avec une faiblesse d'agonisante.

— Que disais-tu donc ce matin, Ra-n-ga?

— Ce matin?

— Mais oui, ce matin!

Elle dit cela dans un cri et frappe du pied, colère.

— Tu me tues !

Puis elle se reprend, se fait petite...

— Dis tout bas, tout bas.

Et elle se blottit contre l'esclave, l'oreille contre ses lèvres, les yeux ailleurs, dans l'abîme sombre de la peur.

Rabyn-Gaill reprend ses explications, dit l'absence d'Adzéma pour tout un jour, les femmes et les eunuques faciles à endormir, la belle nuit d'amour qui s'ouvre pour elle et Amed sous le ciel étoilé, par la campagne chaude.

— Je vous suivrai à distance, afin que rien ne vous trouble. Tu pourras, tant que tu le voudras, dans ses bras connaître la tendresse de son âme. Il pourra, tant qu'il le désirera, sur tes lèvres goûter la douceur de ton cœur. Ah ! vous avez tant souffert, maîtresse.

— Je ferai ce que tu voudras, puisque tu l'aurais fait toi-même.

— Allah te bénira. Allah sourit à de telles amours.

— Mais il est tard. Voici la nuit. Comment vas-tu faire ?

Tout est prêt pour qu'ils dorment.

— Mais mon amant, qui l'avertira?

Ton amant t'attend vers le sphinx, au bord de la rivière.

— Ah! Ra-n-ga, je suis heureuse... Je souffre atrocement.

Il fait nuit. La rivière se déroule comme un chemin d'argent qui viendrait de la lune. Il fait chaud, une chaleur de brasier, comme si le sirocco allait souffler.

Couché au pied du sphinx, Amed attend, accablé, las.

Il est déjà très tard quand elle paraît enfin. Aussitôt les forces et la joie lui reviennent. Il ouvre les bras. Elle s'y précipite. Elle vient de quitter avec frayeur ceux de Rabyn-Gaill, elle tombe avec effroi dans ceux de son amant.

Mais celui-ci la rassure, lui parle comme à un enfant dont on veut calmer l'âme, comme à un oiseau dont on veut tranquilliser les ailes.

Peu à peu son angoisse se calme, mais elle reste craintive, tremblante, le moindre bruit semble devoir la faire mourir.

Étroitement enlacés, ils descendent la rive. Rabyn-Gaill les suit, vigilante.

Afin de chasser ses pensées sombres, afin qu'elle revienne toute à l'amour, toute à leur grand bonheur, Amed prodigue les mots enflammés, les paroles chaleureuses, l'accable de caresses, l'enveloppe de confiance et de force.

Elle sourit, petit à petit, mais elle ne peut rien dire.

Elle écoute, toute à ce qui peut arriver dans l'air, d'insolite, éclater dans la nuit, d'effrayant.

Pourtant l'ami se fait de plus en plus tendre.

— Plus près de mon cœur, El-Sénab, plus près; si près que demain je garde l'impression que tu y as passé. Plus près de ma bouche, ta bouche; si près que je ne sente plus que tes lèvres, que je ne respire plus qu'à travers tes baisers. Plus dans mes mains, tes mains, plus encore, que je ne sache plus trouver mes doigts dans tes doigts, que je sois tout, comme une chose qui t'appartient, dans ta main.

— On a marché, écoute !

— Mais non, ce sont les pas de Rabyn-Gaill, derrière nous... Je te disais que je t'adore. Je te disais!... Ah ! bien-aimée, il y a des choses qu'on ne peut pas dire. C'est si grand, l'amour. C'est comme le ciel. Nous n'en voyons qu'un peu, mais nous sentons qu'il est infini.

— Quelqu'un ! devant nous, regarde !

— Mais non, ma peureuse, c'est un arbuste, un grenadier; viens, nous allons cueillir une fleur.

— Non, tu ferais du bruit, avec les branches.

— Nul ne peut nous entendre.

— Adzéma ?

Elle tressaille en disant ce nom maudit, épouvantable, dont les syllabes la terrifient.

— Mon doux motif de romance, que peux-tu craindre quand je suis vers toi.

— Adzéma !

Il la fait asseoir à l'ombre de l'arbuste. Ainsi

cachée elle devient un peu plus calme. Rabyn-Gaili s'est couchée sur le sable, à quelques pas : son courage la stupéfie.

Elle répond enfin aux caresses d'Amed ; pour la première fois ses yeux se fixent sur ses yeux, ses lèvres se tendent frémissantes sur ses lèvres.

Le bien-aimé exulte d'un bonheur inouï. Il presse sur son cœur la divine fathma, dont jamais, même en rêve, il ne s'était vu l'élu pour une nuit d'amour. Car il ne doute pas qu'il ne va l'avoir, qu'il ne va la prendre, qu'il ne va, tout à l'heure, cueillir cette fleur, dérober cette étoile. Elle est déjà plus caressante. Elle s'abandonne un peu. Elle rend les baisers qu'il donne, son corps merveilleux frémit sous son vêtement léger, il la sent vibrer comme une corde de guitare sous sa main qui la frôle.

Enhardi, il la dévêt un peu, il la presse contre lui, ses doigts se glissent...

— Amed, on parle, derrière le buisson.

Elle s'est relevée, la jambe tendue, prête à fuir.

Il la retient, il l'enferme dans ses bras.

— Mais non, chérie. C'est, sous la brise, les feuilles qui ont balayé le sable.

— Ah! allons plus loin, vois-tu, quand même, je frissonne.

Ils s'assoient bientôt sous quelques palmiers nains.

C'est encore de LUI qu'elle parle malgré elle.

— S'il se doutait, Adzéma.

— Mais, ma faiblesse, il ne peut pas se douter. Allah nous protège. Notre amour est trop grand, il n'intéresse que Dieu!

— Crois-tu, Amed?

Désolé, il songe une minute que pour l'abri d'une maison hospitalière et lointaine il aurait bien, cette nuit, donné sa vie. Il songe à ce que leur aurait permis à tous deux d'ivresses et de jouissances paradisiaques le toit intime qui garde même des étoiles, la porte, la chaleur du foyer clair qui flambe, la douceur des tentures qui garde même des soupirs de la brise.

Ah! qu'il eût été facile, en France, par exemple, de sauvegarder leur bonheur.

Des larmes lui montent aux yeux, puis revenant à l'heure présente, il reprend la bien-aimée, la serre sur sa poitrine.

— El-Sénab, je ne m'attendais pas à cette nuit. Nous laissons fuir le bonheur...

— Mon Amed!

— Ma vie!

Voici qu'elle est étendue, pâmée, sur le sable encore chaud. Elle semble de ses bras l'attirer, tandis qu'il s'incline vers elle. Elle sourit, merveilleuse, sous un rayon de lune qui filtre. Leurs joues déjà se frôlent, leurs haleines se confondent.

Tout à coup elle se dérobe, le repousse, bondit...

— Il m'appelle, il m'appelle!

Amed la rattrape, la saisit, l'empêche de fuir.

— Mon enfant, mon aimée !

Au fond, une rage lui brûle la poitrine, lui serre la gorge.

Il ne peut plus... Il la renverse par terre...

brutalement. Le sable crie, une pierre roule dans l'eau.

— Le voilà ! le voilà !

Elle hurle maintenant comme une bête blessée, et délirante elle s'échappe encore, fuit, court vers le harem.

Rabyn-Gaill la suit avec Amed, et dans la nuit métallique et orageuse la course fantastique se continue tout le long de la rivière.

Sa fathma semble avoir des ailes. Deux fois pourtant Amed la saisit par sa tunique, la fait tomber par terre. Ils roulent ensemble. Elle sent qu'il veut la prendre, mais elle entend tant de choses inouïes, des pas, des voix, des pierres qui roulent, son nom qu'on jette, l'eau qui murmure, qu'elle se relève à chaque fois et fuit toujours plus vite.

— El-Sénab! El-Sénab !

C'est son nom qu'elle entend, et c'est Adzéma qui le crie. Le sirocco se déchaîne maintenant par la campagne, et avec Rabyn-Gaill et Amed il lui semble que les eunuques, que ses compagnes et jusqu'à Dorko la poursuivent, la chassent vers la maison qu'elle a abandonnée...

Elle est entrée... Contre la porte, Amed s'affaisse, exténué, sanglotant.

Rabyn-Gaill le console, et comme il lui tend la main elle la baise avidement.

— Il faut lui pardonner, vois-tu. Ce n'est pas une femme, c'est un oiseau de cage.

— Dis-lui, Ra-n-ga, que demain soir, par la moucharabié, je viendrai voir ce que je n'ai pu prendre... ;

Puis il pleure, silencieusement.

Dans sa chambre, sur sa couche de soie et d'or, El-Sénab sanglote à se briser le cœur.

VII

Ce matin-là, El-Sénab se leva nerveuse, angoissée, malgré la joie qu'elle avait à la pensée du bonheur qu'elle allait donner, le soir, au bien-aimé.

Elle avait fait un cauchemar épouvantable, d'ailleurs, pendant son sommeil, et, en se réveillant, elle avait trouvé au pied du perchoir une de ses perruches mortes.

C'était peut-être cela, ce rêve et cette mort, qui la surexcitaient à ce point, à son insu, lui mettaient le poids instinctif d'un malheur sur le cœur et une fébrilité extrême dans tous ses gestes.

Elle allait d'un lieu de repos à l'autre, prenait un objet et le jetait aussitôt, pleurait sur le cadavre de sa pauvre petite bête, puis revenait rire avec Dorko pour aller ensuite se mêler aux jeux des autres femmes et revenir enfin sur ses coussins d'où elle appelait Rabyn-Gaill.

Elle ne s'expliquait pas son inquiétude, et aux questions de l'esclave ne répondait que par un vague sourire contraint, gêné.

Était-ce sa promesse de l'avant-veille qui la tourmentait ainsi? Avait-elle mal à sa pudeur et souffrait-elle par avance de ce don d'elle-même à son amant? Non.

Il ne tenait qu'à elle à ne pas obéir à la prière d'Amed, aujourd'hui, à ne pas s'offrir à ses désirs, à ne pas graver dans la douceur effarante de ses yeux l'image impérissable de son idéale beauté.

Elle pourrait par un soudain retour de pudeur se refuser encore.

Mais elle sentait bien que son trouble n'en serait pas amoindri; et quand elle eut décidé de ne pas s'offrir à la vue de l'amoureux, devant la persistance de son malaise, elle revint au grand geste rituel de ce soir qui devait la montrer nue dans la clarté lunaire, comme l'image de Tanit reflétée dans ses propres rayons.

Il avait bien trop souffert, le pauvre cher aimé, pour lui refuser cette consolation, et quand elle pensait à ce qu'elle donnait à l'autre...

— Y songes-tu, toi, dis, Ra-n'Ga?

— Fathma, Allah veut ce qu'on veut... Si tu avais voulu...

— Ah! n'en parle pas. Tu vois bien que je meurs de la chose de ce soir, seulement.

— El-Sénab est un petit oiseau... un pauvre petit oiseau de cage qui ne sait pas voler.

— Il y a trop de méchants gros oiseaux dehors, Ra-n'Ga. Je n'ai pas ton courage.

El-Sénab devenait de plus en plus triste. Les paroles de son amie prenaient à ses oreilles des sens mystérieux qui la torturaient.

Un silence inhabituel régnait dans la maison. Du dehors même aucun bruit ne venait, comme si tout avait été averti de quelque grave événement ou était atteint du même pressentiment sinistre que la Favorite.

Les heures s'écoulaient trop lentement à son gré; elle eût voulu déjà être au lendemain.

Mais en songeant qu'un malheur venait peut-être, elle trouvait alors que les minutes passaient avec une rapidité effrayante, et elle mettait ses deux mains sur son cœur pour avoir plus profondément, à ses battements étouffés, la perception des secondes qui fuyaient emportant sa vie.

— Oh ! pas ça, Ra-n'Ga.

Rabyn-Gaill chantait en s'accompagnant du darabouka.

— Tes chansons disent toujours qu'on meurt d'amour. Tais-toi.

L'esclave se tut.

Et après un moment.

— J'aurais peut-être mieux fait, vois-tu, Ra-n'Ga, de ne jamais aimer.

— Je ne sais pas, El-Sénab, mais il me semble que je mourrais avec plaisir pour ce que tu ne voudrais pas avoir connu.

— Je dis ça, Ra-n'Ga, mais j'aime bien Amed. Il est si beau, mon bien-aimé... mais il est si loin. Ah ! çà !... Je suis un petit oiseau de porcelaine, vois-tu... pour l'étagère d'Adzéma-Deün.

Le crépuscule tombe peu à peu, s'annonçant plutôt par un changement de couleurs que par une irruption d'ombres.

Le jour change, devient un jour d'argent après avoir été une lumière d'or...

Aïdjé et Mouradié, lasses de leurs danses et de leurs jeux, dorment en rond sur des nattes. Le jet d'eau pleure dans la petite vasque, pleure plus que jamais, comme un jet d'eau qui aurait des peines.

Et El-Sénab veut qu'on l'arrête...

Il l'énerve.

La petite vasque devient immobile, silencieuse comme un cœur qui avalerait ses larmes.

— C'est bientôt l'heure, Ra-n'Ga.

— Oui, Fathma. Amed n'est pas encore venu; mais je vois la lune qui monte, là-haut, au-dessus du minaret de Seyid el Bédaoui avec le dernier cri du muezzin.

El-Sénab s'est enveloppée nue dans une grande étoffe de soie blanche qu'elle n'aura qu'à écarter pour se montrer toute aux yeux de l'amant.

Elle est étendue sur ses coussins, attendant l'heure, et elle est si pâle qu'on dirait que le voile blanc lui couvre aussi la face.

ELLE LUI A MONTRÉ UN SEIN, D'ABORD, ET IL A FRÉMI (p. 117).

Un charme délicieux vient de la campagne et s'épand dans la chambre. Un torrent de parfums roule avec les brises comme si toutes les fleurs d'Égypte, coupées ce soir-là, avaient rendu leurs derniers soupirs.

La lune est belle intensément et divine, mais sa lumière est humide, tombe comme un regard à travers une larme.

A mesure que la féerie nocturne s'annonce, le cœur d'El-Sénab se serre plus douloureusement.

— C'est l'heure. Tu ne vois pas Amed, Ra-n'ga?

— Je ne vois, par la campagne, que le sphinx avec sa double image sur la rive et dans l'eau. L'heure a passé, Fathma.

Tout à coup, El-Sénab pousse un cri d'effroi. La portière du fond de la chambre s'est écartée, et l'eunuque paraît.

— Kan-Adzéma-Deûn envoie ceci à El-Sénab.

L'homme déroule un manteau bleu et pose

l'objet qu'il contenait sur une petite table à thé devant la favorite.

Celle-ci se précipite, regarde, pousse un gémissement de douleur et tombe inanimée.

Dans l'encadrement de la fenêtre, terrible au milieu de la clarté du soir, Rabyn-Gaill fixe des yeux épouvantés sur l'horrible cadeau.

La tête d'Amed décapité, ceinte encore d'un turban, semble sourire au milieu de la petite table incrustée de nacre sur laquelle l'a posée l'eunuque et où les rayons de la lune jouent mollement comme une houppe à poudre de riz.

L'eunuque disparait, la portière lourde retombe gravement.

Rabyn-Gaill se met en croix contre elle pour empêcher qu'on entre.

Bientôt un gémissement s'élève dans la douce nuit africaine, un gémissement qui n'en finit plus, comme d'un cœur crevé la fuite lente de la vie.

El-Sénab pleure, sanglote convulsivement, se tord les mains de désespoir, crie et supplie;

Elle est comme une enfant blessée à mort, et la jeunesse, la vie et l'amour qui ne comprennent pas explosent en elle contre cette iniquité. Elle songe à son oiseau mort, le matin, elle s'en apitoie d'une façon exagérée. Il lui semble qu'elle pleure sur tout un cimetière : elle, son amant, sa perruche ! Puis tout à coup l'explosion s'apaise et le gémissement reprend comme un funèbre lamento de la nuit.

Rabyn-Gaill vient alors vers elle, la relève, l'assied sur l'amas de coussins qui se trouve près de la fenêtre.

La lumière divine du ciel l'entoure, ainsi assise, comme d'une ouate bleue, douce aux blessures d'amour. Ce n'est pas seulement la lune qui éclaire, religieuse et mélancolique, mais encore l'azur firmamental, beau comme une mosaïque du Titien, réfléchissant des lumières de saphirs dilués comme des yeux de blonde en désirs.

Et cette heure, l'heure unique de poésie et de tendresse en Égypte, s'amuse avec toutes ses féeries et ses langueurs virginales autour du drame sombre de la maison d'Adzéma comme une troupe d'enfants rieurs et beaux autour du cadavre d'un de leurs petits camarades, tué en jouant.

Et cette heure, c'est l'heure bleue de ciel, de lune, de rêve, d'amour... et de mort !

Devant ce spectacle qui se continue, impassible et si beau, encadrant sa douleur, une révolte fermente au cœur d'El-Sénab. L'âme ardente d'Égypte qui put animer une Cléopâtre se réveille une seconde dans la fathma, et avec un cri de rage, elle bondit, les poings tendus vers le ciel.

Sur la petite table à thé, la tête d'Amed semble sourire.

Dans la lumière bleuie toute l'horreur en est

ELLE TROUVAIT QUE LES MINUTES PASSAIENT
AVEC UNE RAPIDITÉ EFFRAYANTE (p. 128).

effacée, et avec ses coins d'ombre, ses méplats et son profil doucement gouachés de lune, elle semble poser pour un portrait de Jeanne Jacquemin.

El-Sénab se précipite vers cette face aimée.

— Ra-n'ga ! Ra-n'ga ! rugit-elle, et ses doigts fiévreux montrent à l'esclave les yeux grands ouverts de l'amant.

— Il regarde ! Ah ! Ra-n' ga... ses yeux m'auront... ses yeux m'auront toute.

Et l'etoffe blanche croule de ses épaules.

Séraphique et nue, élancée et lactée, elle passe, sous les regards extasiés de la victime, ces beautés pour lesquelles il est mort.

Longtemps, elle reste ainsi, vengeresse, faisant jouer pour l'ami et les regards luxurieux des étoiles, son corps, son corps merveilleux, blanc, doux et rond.

— Ra-n'ga ! Sa bouche aura ma bouche, Ra-n' ga ! Sa bouche m'aura toute...

Elle prend la tête meurtrie, en colle les lèvres sur ses lèvres...

Elle s'étend sur la soie des étoffes. Le baiser tragique se continue. Puis cette tête aimée roule sur ses seins, et l'on dirait que, d'elle-même, elle s'y suspend.

Sont-ce les battements du cœur d'El-Sénab ? Est-ce un geste de sa main qui a fait plus encore descendre la tête épouvantable.

Elle se blottit tout à coup comme une tête malade entre les genoux maternels.... douceur de pollen, nid d'ivoire chaud que cette tête creuse de son poids !

Elle semble vivre maintenant, on dirait qu'elle respire à la voir se soulever régulièrement au souffle de l'amante exaspérée... On dirait, cette tête, qu'elle boit une fleur.

. . . .

. . . .

— Ra-n' ga, gémit la Fathma, c'est comme si sur tout mon corps pleuvaient des morceaux de flan de Kousloukoum, ces affreux baisers !

Il fait nuit à présent, dans la chambre, nuit noire, et l'on sent bien qu'il n'est pas d'endroit sur terre où l'on ne pleure pas à cette heure...

Paris 188...

CORBEIL. — IMPRIMERIE ÉD. CRÉTÉ

Pour paraître dans la même Collection

Prix broché : **2** fr. **50** — Relié : **4** fr.

☘

CATULLE MENDÈS

BÊTES ROSES

☘

ANDRÉ THEURIET

FRIDA

☘

CARMEN SYLVA

(REINE DE ROUMANIE)

LE HÊTRE ROUGE

☘

RENÉ MAIZEROY

LORETTE

www.ingramcontent.com/pod-product-compliance
Lightning Source LLC
LaVergne TN
LVHW012005220826
846092LV00001B/241

* 9 7 8 2 3 2 9 7 9 5 3 7 9 *